PRIMERA NEVADA

VOLUMEN 1 - GUERRA

Guión y dibujo de B. Sakashita
Editado por Michael Campbell

www.tokupublishing.com

Título original: "First Snow", de B. Sakashita,
publicado por Toku Publishing, LLC, 2018
Traducido del inglés por Carlos Vicente Tagle

Publicado por Toku Publishing, LLC
ISBN-10: 1-948820-10-2 (Tapa blanda)
ISBN-13: 978-1-948820-10-3 (Tapa blanda)
ISBN-10: 1-948820-18-8 (Tapa dura)
ISBN-13: 978-1-948820-18-9 (Tapa dura)

Primera edición en español: Abril de 2018

CAPÍTULO I

El Rescate

»Verlaßt mich nicht!
Seid um mich zu
meiner Stunde!«

Thomas Mann
(Doktor Faustus)

a M.

Bélgica, Las Ardenas, finales de Noviembre 1944.
LA PRIMERA VEZ QUE VI NIEVE DURANTE LA GUERRA, EN ESE DÍA, MI JEEP FUE PERDIDA EN LA RUTA A MALMEDY.
ESA FUE LA PRIMERA VEZ QUE CONOCÍ A GEORGE.

UN SOLDADO ALEMÁN ESTABA A PUNTO DE MATARME, COMO ME DIJO GEORGE DESPUÉS DE ...
PERO NO ESTABA DESTINADO A MORIR TODAVíA.
OYE!

... PORQUE GEORGE SIMPLEMENTE ESTABA EN UNA MISIÓN DE RECONOCIMIENTO EN EL CERCANO.
¡LEVÁNTATE AHORA! TENEMOS QUE SALIR DE AQUÍ RÁPIDO ANTES DE LLEGUEN MÁS KRAUTS (*)...
AWWGG... NO PUEDO SENTIR NADA EN MI PIERNA IZQUIERDA. ¿QUÉ PASÓ CON BRUCE, EL CONDUCTOR?
ESTÁ MUERTO, YA REVISÉ.
(*) SOLDADOS ALEMANES.

NO PUEDE CAMINAR POR SÍ MISMO
EL SE DESMAYÓ...
...LOS ALEMANES LO VAN A ATRAPAR... SI ES QUE NO SE CONGELA HASTA MORIR ANTES.

NO NECESITO MUCHO...
UNAS CUANTAS VUELTAS PARA LA GARAND (*) ...
GRANADA ...
RACIÓN-D (**) PARA EL CAMINO ...
UNOS 3 KM HACIA C.P (***) DEBERÍAMOS PODER LLEGAR ANTES DE QUE SE HAGA DE NOCHE.
(*) RIFLE DE SERVICIO STANDARD DE E.E.U.U CALIBRE 0,30.
(**) BARRA DE CHOCOLATE HERSHEY DE 110 GRAMOS.
(***) CENTRO DE COMANDO.

OH, ...CASI LO OLVIDO.......
LA FAMILIA DE ESTE MUCHACHO MERECE SABER LO QUE LE PASÓ.

ESTE DEBE SER EL RÍO AMBLÈVE. ME HE IDO DEMASIADO AL SUR, ¡NECESITO DOBLAR HACIA EL NOROESTE!
ME ESTOY CANSANDO. NECESITO TOMAR UN DESCANSO...
LA NIEVE SE ESTÁ ALIGERANDO PERO ESTOY PERDIENDO SOL Y SE ESTÁ PONIENDO MÁS FRÍO.
...ESTAS RACIONES-D SON MUY DIFÍCILES DE DISFRUTAR...
SCHNELLER! SCHNELLER!
???

SCHNELLER! SCHNELLER! (*)
¿QUÉ?
(*) ¡MÁS RÁPIDO!, ¡MÁS RÁPIDO!
¡OH DIOS MO!

¡LOS KRAUTS PLANEAN ALGO GRANDE!

NECESITO SALIR DE AQUÍ RÁPIDO.
NECESITO INFORMARLE AL CUARTEL GENERAL INMEDIATAMENTE.
CIVILES... VINIENDO DESDE EL ESTE... ESPEREMOS QUE SEAN AMISTOSOS....
PARDONNEZ-MOI, MAIS CONNAISSEZ-VOUS LA ROUTE VERS STAVELOT? (*)
MAIS CERTAINEMENT! NOUS Y ALLONS NOUS-MÊMES. (**)
(*) DISCÚLPEME PERO SABE USTED POR DÓNDE ES EL CAMINO HACIA STAVELOT?
(**) ¡OH, CLARO! NOSOTROS NOS DIRIGIMOS HACIA ALLÁ.

EST-CE QUE ÇA VA? EST-IL BLESSÉ? (*)
CE N'EST PAS GRAVE, MAIS IL NE PEUT MARCHER. (**)
PEUT-ÊTRE POUVONS-NOUS VOUS AIDER? (*)
(*) ¿ESTÁ HERIDO?
(**)NO SERIAMENTE PERO NO PUEDE CAMINAR.
(*) QUIZÁS NOSOTROS PODEMOS AYUDAR.
JE CONNAIS UN RACCOURCI À TRAVERS LA FORÊT. (*)
LES ALLEMANDS NE POURRONT JAMAIS NOUS Y TROUVER. (**)
...ESPERO NO ARREPENTIRME DE ESTO...
J'ESPÈRE QUE TU AIMES LE CHOCOLAT?
(*) CONOZCO UN ATAJO PARA ATRAVESAR EL BOSQUE.
(**)LOS ALEMANES NUNCA NOS ENCONTRARÁN.
(*) ESPERO QUE LE GUSTE EL CHOCOLATE.

QUELQUE CHOSE À BOIRE? (*)
MERCI, MAIS QU'EST-CE QUE C'EST? (**)
(*) ¿QUÉ TAL UN TRAGO?
(**) GRACIAS PERO ¿QUÉ ES ESTO?
DU GENIÈVRE, LA MEILLEURE DES BOISSONS EN BELGIQUE! (***)
UMPF!!
(***) "GENIÈVRE", ¡EL MEJOR TRAGO EN TODO BÉLGICA!
EST-CE QUE ÇA VA? (****)
PEUT-ÊTRE UN PEU FORT POUR MOI! (*****)
(****) ¿CÓMO ES?
(*****) ¡TAL VEZ UN POCO FUERTE PARA MÍ!

ALLEZ, ON Y VA! (*)
ON DOIT ÉVITER LA ROUTE PRINCIPALE ET RESTER PRÈS DE LA RIVIÈRE. (**)
(*) BIEN, ¡VÁMONOS!
(**) DEBEMOS EVITAR LA RUTA PRINCIPAL Y QUEDARNOS CERCA DEL RÍO.
INCLUSO COMO UN ATAJO, ME PREGUNTO SI VA A TOMAR MÁS TIEMPO A TRAVÉS DE ESOS ACCIDENTADOS CAMINOS PERO ¡POR LO MENOS VAMOS A ESTAR SEGUROS!

VOUS PARLEZ BIEN LE FRANÇAIS... COMMENT CELA SE FAIT-IL? (*)
JE SUIS FRANÇAIS. MES GRANDS-PARENTS AVAIENT ÉMIGRÉ EN LOUISIANE. A LA MAISON, NOUS PARLONS TOUJOURS LE FRANÇAIS. (**)
(*)HABLAS MUY BIEN FRANCÉS, ¿CÓMO ES ESO?
(**) SOY FRANCÉS. MIS ABUELOS EMIGRARON A LOUISIANA. SIEMPRE HABLAMOS FRANCÉS EN CASA.
¡FINALMENTE!
NOUS Y VOILÀ! (*)
(*) ¡LLEGAMOS!

STAVELOT!
HEMOS LOGRADO LLEGAR A C.P!
???
OYE, ¡MIRA!
QUÉ DIABLOS...

¡NO DISPAREN! ¡EJÉRCITO AMERICANO!
¡DETENER!
¿QUÉ ESTÁ HACIENDO CON ESOS CIVILES?
¡ESTOY CARGANDO A UN HERIDO!
¡MIERDA! ES GEORGE.
¿QUÉ ES LO QUE TIENES?
ALGÚN TIPO DEL CUERPO DE SEÑALES. ¡SU JEEP FUE GOLPEADO!
¿QUÉ TAN MAL ESTÁ?
¡NO ESTOY SEGURO! NO HAY HERIDAS PERO SE VE COMPLETAMENTE FUERA DE SÍ ...NO PUEDE CAMINAR... ¡GRACIAS AL GRANJERO O NO PODRÍA HABERLO SALVADO!

ALORS, ADIEU MON AMI ET BONNE CHANCE! (*)
MERCI BEAUCOUP! J'ESPÈRE VOUS RENCONTRER APRÈS LA GUERRE. (**)
... ADIEU, MONSIEUR LE SOLDAT! (***)
(*)¡BUENO, ADIÓS, MI AMIGO! ¡BUENA SUERTE!
(**) ¡MUCHAS GRACIAS! ESPERO VERTE DESPUÉS DE LA GUERRA.
(***) ADIÓS, SR. SOLDADO.
ESTÁ VIVO, ESO ES BUENO PERO SE ESTÁ CONGELANDO A MORIR A ESTE RITMO. JIMMY, ¿PUEDES TRAER UN UNA CAMILLA?
¿PUEDES HACERTE CARGO DE ESTO TAMBIÉN? PERTENECE AL CONDUCTOR DEL JEEP.
OKAY!
...ÉL NO LO LOGRÓ...

CUíDATE BIEN ... DEBO INFORMAR A LA SEDE INMEDIATAMENTE.
OKAY, GEORGE!
AAARRRGGG...
... ¿DÓNDE ESTOY?
C.P. EN STAVELOT. ¡ASí QUE PUEDES HABLAR! ...¡BIEN!... ¡VAS A ESTAR DE VUELTA EN COMBATE EN POCO TIEMPO! TE TRAERÉ ALGO DE AGUA...
ÉL ERA GEORGE... PERO NO VAS A CONOCER MUCHO MÁS DE ÉL QUE SU NOMBRE...
ESE TIPO... ÉL SALVÓ MI VIDA... ¿CÚAL ES SU NOMBRE? ...QUIERO HABLARLE...

UNO DIFÍCILMENTE PODRÍA CONTRA ÉL... NO TIENE MUCHAS HISTORIAS BONITAS QUE CONTAR... PERDIÓ A LA MAYORÍA DE SUS COMPAÑEROS... NO HABLA MUCHO Y TAMPOCO SE ACERCA MUCHO A LA GENTE... PERO GEORGE ES UN SÓLIDO SOLDADO.
¿DESDE HACE CUÁNTO QUE CONOZCO A GEORGE?... TIEMPO SUFICIENTE COMO PARA ENTENDERLO, SUPONGO...
¿QUÉ LE PASÓ?... ¿LO CONOCES HACE MUCHO TIEMPO?
¡ESTÁBAMOS EN LA MISMA NAVE DE DESEMBARCO EN NORMANDÍA EN EL DÍA-D! AL PRINCIPIO NO NOS CONOCÍAMOS PERO LOS DOS ÉRAMOS DE LOUISIANA, SIN EMBARGO, NO PODEMOS SER MÁS DIFERENTES. YO ESTABA MUY ASUSTADO... PERO GEORGE... ¡GEORGE ESTABA ANSIOSO! ¡ÉL QUERÍA IR... ESTABA ANSIOSO!
NO SMOKING

ESA FUE LA PRIMERA VEZ QUE LO VI EN ACCIÓN... PELEÓ COMO EL DIABLO... LAS CASUALIDADES ERAN ALTAS... ¡PERO SALIÓ ILESO!
DESPUÉS DEL DÍA-D PARTIMOS SOBRE LA MARCHA. ME DIRIGÍ AL ESTE HACIA ALEMANIA Y GEORGE QUERÍA QUE EL SUR SE UNIERA CON EL SÉPTIMO EJÉRCITO.

ÉL ESTABA CON EL PRIMER BATALLÓN, LA INFANTERÍA 141 QUE ESTABA RODEADA DE FUERZAS ALEMANAS EN LA CORDILLERA DE LOS VOSGES. LA PELEA FUE BRUTAL Y LAS CASUALIDADES ERAN ALTAS..
EL 442 RESCATÓ AL 141 CON PÉRDIDAS INCREÍBLES. ENCONTRARON A GEORGE COMO EL ÚNICO SOBREVIVIENTE DE SU PELOTÓN, SUFRIENDO AL LADO DE UNO DE SUS RESCATISTAS MORIBUNDOS.

CON EXCEPCIÓN DE ALGUNAS CICATRICES, ¡GEORGE SALIÓ NUEVAMENTE ILESO!

TENÍA ALGO ESPECIAL QUE LLEVABA, ESPECIALMENTE CUANDO LOS TIEMPOS SE HACÍAN DUROS......

NO SÉ LO QUE SIGNIFICABA PARA ÉL... QUIZÁS PENSÓ QUE ESO LO ERA LO QUE LO PROTEGÍA......

UNA SIMPLE CRUZ DORADA ...

AHORA SABES ACERCA DE GEORGE TANTO COMO TODOS...
¡ÉL SALVÓ MI VIDA!
... ... Y EN ESE FRÍO DÍA DE NIEVE DEL INVIERNO DE 1944, UN SARGENTO DE LUISIANA LLAMADO GEORGE DUMAS, ME DIO LA CHANCE DE VIVIR, A MÍ, EL LOCUTOR DE LA RADIO DEL EJÉRCITO, TOM BORER.
ESTA ES LA HISTORIA DE GEORGE.

CAPÍTULO II

El Puente sobre el Río Amblève en Stavelot

Stavelot, Bélgica, Diciembre de 1994.
¡SEÑOR! PODRÍAMOS CONSEGUIR ALGO DE APOYO AÉREO. HOY ES UN DÍA SOLEADO Y DESPEJADO...
¡EXCELENTE VISIBILIDAD!
¡SEÑOR! PODEMOS RESISTIR ATAQUES DE INFANTERÍA PERO NO DE UN TANQUE...CONTAMOS CON MENOS DE UN TERCIO DE LA FUERZA DE UNA TROPA...
...ES LA FUERZA AÉREA... NO VENDRÁN... TODOS SUS PLANES ESTÁN SIENDO DIRIGIDOS HACIA FRANCIA EN ESTE MOMENTO.
DEBEN MANTENERSE EN ESE PUENTE LO QUE MÁS PUEDAN.
ESE ES EL ÚLTIMO PUENTE QUE CRUZA EL RÍO AMBLÈVE. YA HEMOS VOLADO TODOS LOS OTROS... ...NO DEJEN QUE LOS ALEMANES LO CRUCEN...
......¿QUÉ TIPO DE TROPAS TIENEN POR ALLA?...

...BUENO... ...TENGO UN POCO DE TODO POR ACÁ...
¿A QUÉ TE REFIERES? ¿PUEDEN COMBATIR? ¡ESO ES LO ÚNICO QUE ME IMPORTA! ¿DÓNDE LOS CONSEGUISTE?

...BUENO... LA MITAD DE ELLOS SON DEL MISMO BATALLÓN DE INGENIEROS DE COMBATE, COMO YO... SON MUCHOS MUCHACHOS Y SIEMPRE ME ESCUCHAN....
...PERO SON... ...AH... ...INGENIEROS, NO EXACTAMENTE PARA COMBATE DIRECTO...!
...LA OTRA MITAD SON CABOS SUELTOS QUE HAN PERDIDO A SUS UNIDADES, PARACAIDISTAS, TANQUEROS, SOLDADOS DE RECONOCIMIENTO, ETC... SE VEN COMO SOLDADOS VETERANOS..
... SÉ COMO DESTRUIR PUENTES PERO ELLOS SABEN LA BATALLA MEJOR QUE YO ....

¡MALDICIÓN, "TENIENTE WILLIAMS!" ¡DÉJEME RECORDARLE QUE AQUÍ USTED ES EL SOLDADO DE RANGO MÁS ALTO! SU TRABAJO ES LIDERAR.
HAGA LO QUE TENGA QUE HACER PARA MANTENERSE EN EL PUENTE, Y SI NO LO CONSIGUE, ¡HÁGALO EXPLOTAR! ¡ES UNA ORDEN!
...¡SÍ, SEÑOR!
OK, MUCHACHOS... C.G QUIERE QUE NOS MANTENGAMOS EN EL PUENTE... NO ESTOY SEGURO CÓMO LO VAMOS A HACER. ¿ALGUIEN PUEDE DECIRME QUÉ TENEMOS PARA COMBATIR A LOS KRAUTS EN ESTE MOMENTO??
CONTANDO A LOS HOMBRES BAJO LA ESCALERA, PROBABLEMENTE TENEMOS UN PAR DE PELOTONES DE FUSILEROS, UN ESCUADRÓN DE ARMAS, MÉDICOS, UN LOCUTOR, ETC... SUFICIENTE COMO PARA RESISTIR ALGUNOS ATAQUES...

...¡PERO EL JEFE TIENE RAZÓN! ¡NO SOMOS RIVALES PARA LAS TROPAS MECANIZADAS DE LOS KRAUTS!!
... YO DIRÍA QUE...
...ESO DEPENDERÁ SI LLEGAN REFUERZOS O NO ...
......¿CUÁNDO PODRÍAMOS ESPERAR TENER ALGO DE AYUDA, SEÑOR?

¡NO ESTOY SEGURO! EL C.G NO PROMETIÓ NADA...
......¡ENTONCES YO DIRÍA QUE ES MEJOR PREPARARSE PARA HACER EXPLOTAR EL PUENTE!!
... JUSTAMENTE ESTABA PENSANDO EN LA MISMA LÍNEA...
¡QUÉ MALDITA VERGÜENZA! ¡ME GUSTARÍA PODER DARLES A LOS KRAUTS UNA BUENA PELEA!
JERRY, ¿CUÁNTOS EXPLOSIVOS TENEMOS DISPONIBLES?
¡ESE ES UN BONITO PUENTE PARA NUESTROS SHERMANS!

SEÑOR, TENGO DOS MOCHILAS AQUÍ CONMIGO PERO BAJO LAS ESCALERAS DEBERÍAN HABER UN PAR DE KITS M-37...
...¿BASTARÁ CON ESO PARA LOGRARLO?...
BUENO, ENTONCES, JERRY, ...ANDA CON UN PAR DE INGENIEROS A ESE PUENTE Y EMPIECEN A CABLEARLO...
¡SÍ, SEÑOR!
¡ESO CREO, SEÑOR!... PERO PROBABLEMENTE SOLO TENEMOS UN TIRO CONTRA EL ARCO PRINCIPAL DEL PUENTE... ES UN PESADO Y SÓLIDO PUENTE DE PIEDRA.

OK, ES UN PUENTE LARGO Y TENEMOS QUE CABLEAR EL PRIMER ARCO... MÁS CERCA DE ESTE EDIFICIO, ¡EN CASO DE QUE TENGAMOS QUE EVACUAR RÁPIDO! ...EMPAQUEN TODO LO QUE TENGAMOS... NO PODEMOS ARRIESGARNOS. ¡ESTOS PUENTES SON DUROS!
¡SÍ, SEÑOR! NO VAMOS A DEJAR QUE LOS KRAUTS TENGAN EL PUENTE.
... ...¡TERMINEMOS CON ESTO PARA PODER SALIR DE ESTE GÉLIDO CLIMA! ¡HACE MUCHO FRÍO!
...ENTONCES EMPECEMOS A MOVERNOS...
¡MIREN!

AMIS! (*)
¡TANQUES! ¡TANQUES! ¡TANQUES!
(*) SOLDADOS AMERICANOS!
¡MALDICIÓN! ... JUSTO LO QUE NECESITÁBAMOS ...
...YA TENÍA MIEDO DE ALGO COMO ESTO...
UN "TIGRE"!

KLAUS, KANNST DU SIE SEHEN...(*)
JAWOHL (**)
(*) KLAUS, LOS PUEDES VER...
(**) ¡SÍ, SEÑOR!
SCHNELLER! (***)
AQUÍ VA NUESTRA DEMOLICIÓN ... ... ES EL MOMENTO DE UNA EJECUCIÓN...
(***) ¡MÁS RÁPIDO!

KLAUS, MACH DEINE ARBEIT MIT DEINEM MASCHINENGEWEHR....SIE GEHÖREN ALLE DIR. (*)
JAWOHL! (**)
(*) KLAUS, HAZ TU TRABAJO CON LA AMETRALLADORA... ¡SON TODOS TUYOS!
(**) ¡SÍ, SEÑOR!
TARATARA...
...ÜBERLASS ES MIR. (***)
(***)... DÉJEMELOS A MÍ.

TARATARA..
¡CORRAN AL PUENTE DE INMEDIATO!!
... ...¿QUÉ HAY SOBRE LA CARGA?...?
¡OLVÍDATE DE LA CARGA! ¡SALVA TU PROPIO PELLEJO!
TARATARA..
TARATARA..

TARATARA TARATARA...
¿QUÉ ES TODO ESE RUIDO?
UN ÚNICO TIGRE JUSTO EN FRENTE DE NOSOTROS ...VIENE DIRECTO HACIA ACÁ POR EL PUENTE...
¡OH DIOS MÍO! ...LOS INGENIEROS ...

¡POR EL AMOR DE DIOS, LLAMEN DE VUELTA AL EQUIPO DE DEMOLICIÓN! ...SE ESTÁN ACERCANDO...
¡DEMASIADO TARDE! ...¡EL TANQUE LOS HA DESCUBIERTO! ¡ESA AMETRALLADORA LOS VA A MATAR!
TARATARA TARATARA...
AWG!
AARGG...
¡JOEY!

AARGG...
¡MALDICIÓN! NO DEBÍ HABERLES SOLICITADO VENIR! ¡EL CHICO ES MUY INEXPERTO!
ÉL ES DE ARIZONA... ESTE FRÍO NO ES EL TIPO DE CLIMA AL QUE ESTÁ ACOSTUMBRADO...
... PERO... ¡CREO QUE ESTÁ VIVO!
¿QUÉ VAMOS A HACER?
...DEBEMOS SORTEAR LOS DISPAROS DETRÁS NUESTRO... ¡O VAN A MATAR A TODOS LOS INGENIEROS!
... LE HAN DISPARADO A UNO DE LOS INGENIEROS ...
...NO VAMOS A VIVIR POR MUCHO... ¡A MENOS QUE NUESTROS COMPAÑEROS QUE ESTÁN ARRIBA HAGAN ALGO CON ESE TANQUE! ...VINIMOS DESARMADOS... ¡ES MI CULPA!
...¿QUÉ?...?
AARGG...
......¡PONTE SERIO! ¿QUÉ PODRÍAMOS HACER NOSOTROS CON NUESTRAS PISTOLAS CONTRA ESE TANQUE?!?

¡PODRÍAMOS DISPARARLE CON LA BAZUCA, SEÑOR!
¡ESCUADRÓN DE ARMAS EN POSICIÓN, SEÑOR!
UH... ¡MUY BIEN! ...TODOS A SUS POSICIONES ...
...QUÉ ESTOY HACIENDO...
......¡DEBO ESTAR LOCO!...!
......ESTO ES UN SUICIDIO!...!
...EL EDIFICIO ES UNA TRAMPA MORTAL...
¡OK, MUCHACHOS! ¡APÁRTENSE! ¡NECESITAMOS ESPACIO PARA EL ÁREA DE EXPLOSIÓN! ABRAN LA PUERTA DE ATRÁS Y ESCÓNDANSE. MANTENGAN SUS OÍDOS TAPADOS.
NO ESTOY SEGURO DE ESTO... VAMOS A NECESITAR POR LO MENOS 6 METROS LIBRES O LA EXPLOSIÓN NOS DEJARÁ ROSTIZADOS... ¡ESTO ES TENSO!

BIG-J! ¡DAME UNA MANO Y ROMPE ESTA VENTANA!
???
OK! TONY, CARGA UNO DE LOS MISILES M6A1. TAL VEZ PODRÍA ACERTAR PERO QUIZÁS SOLO VAMOS A PODER DETENERLO.

¡ENSEGUIDA!
¡AQUÍ VIENE!

SCHEISSE!! (*)
(*) #$%!
BIEGEN SIE RECHTS AB!!
(**)
(**) ¡MUÉVETE A LA DERECHA!
INSERTE LA CABEZA DEL MISÍL EN EL LANZAMISILES, LUEGO LIBERE LA COLA DEL PESTILLO Y REMUEVA EL PASADOR DE SEGURIDAD DE LA MECHA...
ELEVE LA COLA Y CUIDADOSAMENTE INTRODUZCA EL MISÍL EN EL LANZAMISILES HASTA QUE LA COLA ENCAJE CON LA HENDIDURA DE LAS ALETAS DE LA COLA......
TIRE DEL EXTREMO DEL CABLE DE CONTACTO DE LA ALETA, LUEGO TIRE DEL CABLE HACIA ATRÁS PARA DESENROLLARLO, ...
CONECTE LA PORCIÓN DE CABLE A CUALQUIERA DE LOS ESPIRALES DE LOS RESORTES DE CONTACTO.

¡VAMOS!

NEIN ! BIEGE LINKS AB ! SCHNELL! (*)
(*) ¡NO! ¡GIRA HACIA LA IZQUIERDA RÁPIDO!!
SCHN... (**)
BAOOUM
(**) ¡RÁPIDO!
SCHEISSE! (***)
(***) #$%@!

¡MALDICIÓN!
... SOLO GOLPEAMOS LA ORUGA DERECHA DEL TANQUE!
... AL MENOS NO PUEDEN CRUZAR EL PUENTE ...
DRITTER STOCK, OBERES MITTELFENSTER!! (*)
(*) ¡TERCER PISO, VENTANA SUPERIOR DEL MEDIO!
FEUER! (**)
¡TODOS ABAJO!
(**) ¡FUEGO!!

BAOOUMMMM!
¡AHORA!
...EL ESCUADRÓN DE ARMAS ...
SALGAN DE ESA VENTANA...
BAOOUMMMM!

BAOOUMMMM!
...BILLY...

BILLY!
BILLY!!
¡BILLY! ¡NO TE MUERAS! ¡SABES QUE NECESITO A UN PÉSIMO TIRADOR COMO TÚ!
AARRGG! TONY, CARGADOR HABLADOR... PODRÍAS CALLARTE Y SACARME DE AQUÍ......

...ESTAMOS CONDENADOS...
...EL CAÑÓN DE 88 MM DEL TANQUE PODRÍA DESTRUIR ESTE EDIFICIO EN SEGUNDOS .
...¡LO SÉ! ¡ASÍ FUE COMO PERDÍ A MI SHERMAN!
...ESTOS CHICOS SON UNA MANGA DE MANÍACOS... ...NUNCA DEBÍ HABERLOS ESCUCHADO...
...DEBÍ HABERME QUEDADO EN INGENIERÍA... ESTA NO ES LA FORMA EN LA QUE QUERÍA MORIR... ¡MALDICIÓN!
...¡BIEN! ¡EVACUEN EL EDIFICIO!
...DIRÍGETE HACIA LAS ESCALERAS ... TODO EL MUNDO...

...¡NOOOO!...
... LAS ESCALERAS ...

...¡YA NO ESTÁN!...
¡AHORA ESTAMOS ATRAPADOS!

NO HAY ESCAPATORIA ... TODOS VAMOS A MORIR AQUÍ.
¡NO TAN RÁPIDO, JEFE! ...ESTO ES ENTRE DIOS Y YO ....
...Y ME GUSTARÍA ELEGIR POR MI CUENTA.
...PERO PRIMERO, DEJAME PEDIRTE TU PISTOLA POR UN MOMENTO.
¡OYE!
¡ESA ES MI PISTOLA!

MÍRALO IRSE... UN CHICO BRAVO, ¡GEORGE! ¡ANDA Y VÉNCELOS, HIJO!
¡ESA ES LA PISTOLA DECORADA QUE ME DIÓ MI COMANDANTE!
¿QUÉ ESTÁ TRATANDO DE HACER? ¿ESTÁ SALVANDO SU PROPIO PELLEJO?
¿CÓMO PODRÍA HACERLE FRENTE A UN TANQUE CON TAN SOLO UNA PISTOLA?
...TENGO QUE DISTRAERLOS ANTES DE QUE VUELVAN A CARGAR... ...TENGO CERCA DE 6 SEGUNDOS ANTES DE QUE ME VEAN...
¡LO SIENTO, SR. GARAND! ...NO PUEDO LLEVARTE CONMIGO ESTA VEZ...

...QUÉ DESASTRE...
¡MALDICIÓN!
...ESTÁ MUY
ALTO...
... SI SALTÉ DE
AQUÍ ME ROMPE
EL CUELLO ...

...TENDRÉ QUE HACER DOS SALTOS...
...ESA PILA DE ESCOMBROS HARÁ QUE MI ATERRIZAJE SEA MÁS SUAVE...
...DESDE EL SEGUNDO PISO...
...AQUÍ VAMOS... ...HAGAMOS EL PRIMER SALTO... ...DESDE EL TERCER PISO AL SEGUNDO...
...LUEGO... ...DESDE EL SEGUNDO HACIA LA TIERRA... ...PFF...

...QUE DIOS SE APIADE...
CCRRAAKKK!!

...¡YA ME DEBEN HABER DESCUBIERTO POR AHORA!
NICHT SCHIESSEN, ICH GLAUBE ICH SEHE WAS ... (*)
(*) ¡DEJA DE DISPARAR! PIENSO QUE VIO ALGO ...
(**) ¡SÍ SEÑOR!
JAWOHL! (**)

KLAUS, BENUTZE WIEDER DEIN MASCHINENGEWEHR ... DIE AMERIKANER FLIEHEN AUS DEM GEBÄUDE ... (*)
(*) KLAUS, USA LA AMETRALLADORA DE NUEVO ... ESTOS AMERICANOS ESTÁN ESCAPANDO DEL EDIFICIO...
JAWOHL! (**)
(**) ¡SÍ SEÑOR!
TARATARA
... NECESITO PONERME AL OTRO LADO DEL TANQUE ... DONDE EL TIRADOR NO PUEDE ALCANZARME ...
TARATARA..
TARATARA..
TARATARA..

TARATARA..
TARATARA..

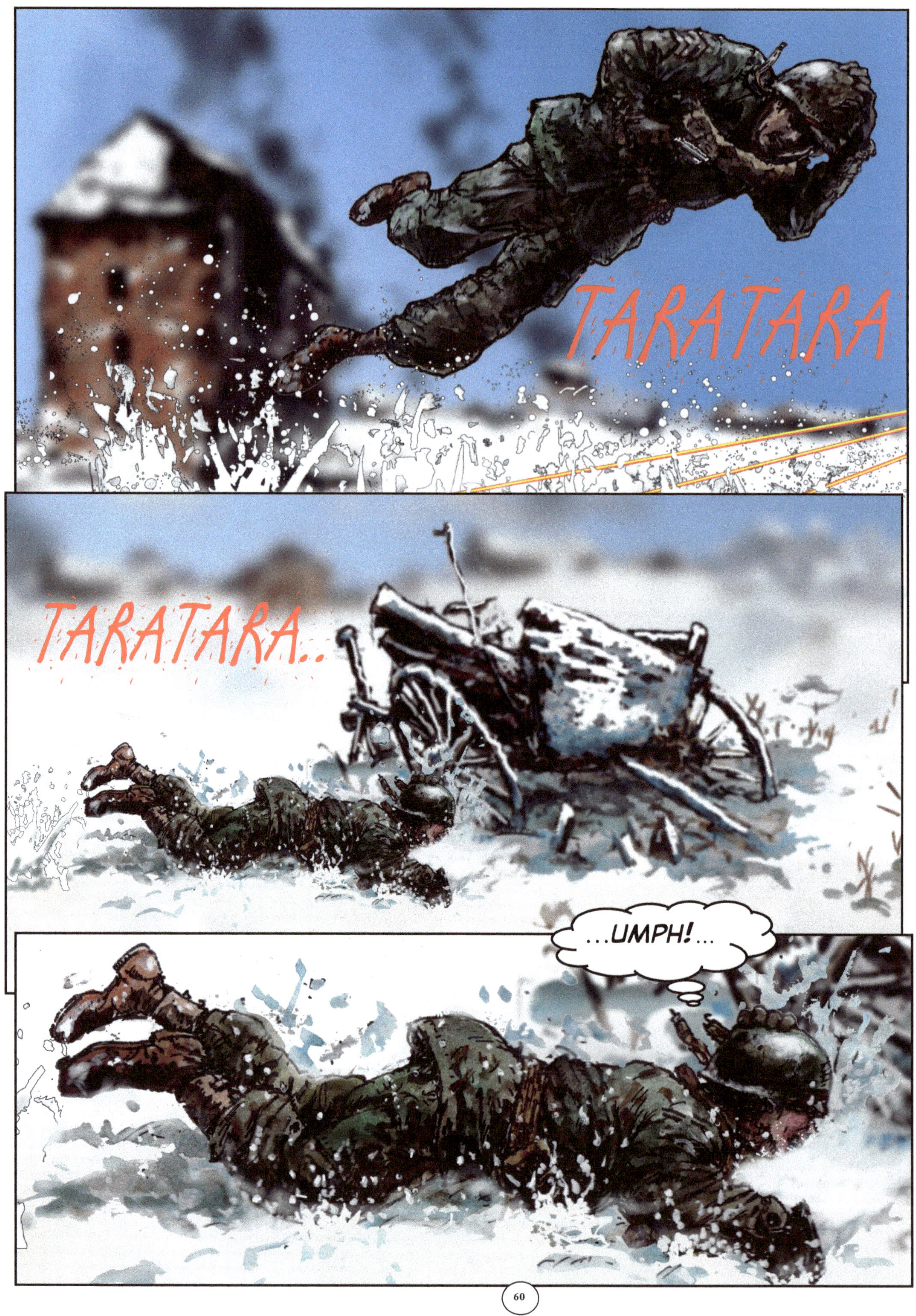
TARATARA
TARATARA...
...UMPH!...

TARATARA...
TARATARA
TARATARA..
TARATARA..
TARATARA
....LA AMETRALLADORA... ¡¿SE ESTÁ DETENIENDO?!
... ¡FUNCIONA! ESTOY FUERA DE SU ALCANCE ...¡SU ÁNGULO ES LIMITADO!
ER IST AUßERHALB MEINES SCHUSSWINKELS ... (*)
JA, ICH WEIß, KLAUS! (**)
(*) ...ESTÁ FUERA DE MI ÁNGULO DE ALCANCE...
(**) ¡SÍ, LO SÉ, KLAUS!

...DEBEN SER ENTRE 70 Y 90 METROS HASTA EL TANQUE...
...EN CLASE DEPORTIVA PODRÍA HACER 100 METROS EN 15 SEGUNDOS ...
...PERO AHORA SOLO TENGO QUE CUBRIR 50 METROS EN ESE TIEMPO ...CON ESO SERÍAN SOLO 30 METROS HASTA EL TANQUE...
...UN RANGO EFECTIVO PARA LA PISTOLA...
...QUIZÁS SOLO NECESITO 10 SEGUNDOS...

...70 METROS...
WAS FÜR EIN GUTER SOLDAT! (*)
... SCHADE, DASS ICH IHN TÖTEN MUSS! (**)
(*) ¡QUÉ BUEN SOLDADO!
(**) ¡QUÉ MAL TENER QUE MATARLO!
...50 METROS...
...40 METROS... ...PUEDO VER SU ROSTRO... ...ES UN HOMBRE VIEJO...
... LO QUE SIGNIFICA QUE ME PUEDE VER TAN BIEN COMO YO...
... ¡DEBO ESTAR LO SUFICIENTEMENTE CERCA PARA QUE ME DISPARE CON SU LUGER!
... AQUÍ VIENE... ...TODAVÍA NO ES EL MOMENTO...
BANG!

(*) ¡DIOS MÍO! ¡ES JÓVEN Y RÁPIDO!

BANG!
BANG!
...YA HA USADO 8 DISPAROS... ...DEBE ESTAR A PUNTO DE QUEDARSE SIN BALAS ... ... AUNQUE UNA LUGER PUEDE CARGARSE CON 9...
CLICK!
...DEBO HACER UN POCO DE ZIG-ZAG...
...DISPARA BASTANTE BIEN...!
...30 METROS! ¡DENTRO DEL RANGO! ¡ESTA COLT SE SIENTE BIEN! OTORGADO AL EJÉRCITO M1991A...
......ESPEREMOS QUE ESTÉ CARGADA... ¡NO PODRÍA ESTAR SEGURO!!
...PRIMERO, LO VOY A ASUSTAR UN POCO PARA GANAR ALGO DE TIEMPO...
BAM!
BAM!
BAM!
BAM!
WWWWHHIIIZZZZZ...
MIST!!! (*)
WWWWHHIIIZZZZZ...
PPPPIIINNNGGGG!
(*) ¡MIERDA!

...AHORA EL DISPARO MORTAL...
...FRÍO... ...HÚMEDO... ...SIN VIENTO... ...AIRE PESADO...
...MEJOR LE DISPARO BIEN ARRIBA EN LA CABEZA PARA ALCANZAR SU CUERPO...
..3 TIROS... ...DE ABAJO PARA ARRIBA... ¡DEBO ASEGURARME DE QUE AL MENOS LE LLEGUE UNO!
BAM!
BAM!
BAM!
ARG!!
...¡SOLO ME QUEDAN 2 VUELTAS!

EIN WIRKLICH GUTER SOLDAT ... (*)
...AHORA, DEBO EVITAR QUE CIERRE LA ESCOTILLA...
...25 METROS...
...LO SUFICIENTE MENTE CERCA COMO PARA UNA GRANADA...
....TODAVÍA TENGO NO CHANCE DE ACERTARLE A LA ABERTURA DE LA ESCOTILLA DESDE AQUÍ...
...DEBO TIRAR LA ANILLA DE LA GRANADA EN EL AIRE... PARA PODER VOLAR LA ESCOTILLA... ¡DE OTRA FORMA, LA GRANADA SOLO RODARÍA POR LA TORRETA!!
(*) UN AUTÉNTICO BUEN SOLDADO ...
...NO TENGO ELECCIÓN...
....NECESITO ALGUNOS SEGUNDOS DE RETRASOS PARA LA MECHA DE 5 SEGUNDOS...
...ARTILLERO...
...PIN...
...MIL UNO...
...ESPERO LOGRARLO CON MI MANO IZQUIERDA...
...MIL DOS...
...MIL TRES...

DIE LUKE ... ICH MUSS DIE LUKE SCHLIEßEN ... (*)
AUTSCH! MEINE SCHULTER ... (**)
(*) LA ESCOTILLA... ...NECESITO CERRAR LA ESCOTILLA...
(**) ¡AUCH! ...MY HOMBRO...
POP!
NEIN!! (***)
(***) ¡¡NO!!
GRANATE, ALLE RUNTER !! (****)
AUF WIEDERSEHEN, KLAUS... (*****)
(****) ¡GRANADA! ¡TODOS ABAJO!!
(*****) ADIOS, KLAUS...

... MIL CINCO...
... ¿QUÉ PASÓ? ....LA GRANADA NO EXPLOTÓ...
...¡OH NO! ...LA MECHA DEBE HABERSE MOJADO CUANDO CAÍ EN LA NIEVE...

BBAAOOUUMM!!!

BBAAOOUUMM!!!
¡BIEN!
...SOLAMENTE ERA UNA MECHA LENTA ...LA GRANADA ESTABA BIEN...
...CONSEGUIRÉ UNA MEJOR VISTA... ...MÁS CERCA...
¡DIOS MÍO! ...CÓMO PUEDO TENER TANTA SUERTE... ¡LA GRANADA DEBE HABERSE METIDO DIRECTAMENTE POR LA ABERTURA DE LA ESCOTILLA!
¡JUSTO EN EL BLANCO!!

...LA PARTE HIDRAÚLICA DE LA TORRETA DE ENGRANAJES ...SE ESTÁ QUEMANDO... ...LO PUEDO OLER...
...DEBO HABER MATADO A TODA LA TRIPULACIÓN...
QUÉ RAY...
!!!

AAA..RRRR...GGGG!!!
AAA..RRRR..GGGG!!!

...ESTARÉ MALDITO ...ES EL AMETRALLADOR...
... ESTÁ SERIAMENTE QUEMADO ...
¡JESÚS! ... ¡ES TAN SOLO UN ADOLESCENTE!...
... ¿QUÉ TIPO DE GUERRA ESTOY PELEANDO?... ...CONTRA UN VIEJOS Y NIÑOS...
BITTE TÖTE MICH ... (*)
(*) POR FAVOR, MÁTAME...
... POR EL AMOR DE DIOS, ¿ME ESTÁ PIDIENDO QUE LO MATE?...

... ... VA A MORIR... ...LO SABE... ...NO LO PODEMOS SALVAR... ...VAMOS A TENER QUE DEJARLO RETORCIÉNDOSE DEL DOLOR...
... HUBIERA HECHO LO MISMO EN SUS ZAPATOS...
... ES EL ÚLTIMO DERECHO DE TODO HOMBRE...
... ¿CÓMO APRENDIÓ ESTO SIENDO TAN JÓVEN?...
BITTE... (*)
(*) POR FAVOR ...
... NO PUEDO HACERLO...
VIELEN DANK! (**)
(*) ¡GRACIAS!

BLAM!
BLAM!
ESTA PISTOLA ES MÍA...

... SI ALGUNA VEZ VUELVES A HACER UN ARTIMAÑA COMO ESTA DE NUEVO... ...TE DISPARARÉ YO MISMO EN LA CABEZA... ¿EN QUÉ ESTÁS PENSANDO? ...¿DÁNDOLE UNA PISTOLA A UN KRAUT?... ¡MI PISTOLA!
...Y AQUÍ ESTÁ LA TUYA... ¡NUNCA HABÍA VISTO UNA PISTOLA TAN SUCIA! ¿ACASO NUNCA APRENDISTE A MANTENER TU PISTOLA LIMPIA COMO SOLDADO?
... NO SEA TAN DURO CON GEORGE, JEFE ...¡SALVÓ NUESTROS TRASEROS!... ...PUDIMOS HABER SIDO TODOS ASESINADOS POR ESE TANQUE...
SÍ, SI ES QUE LOGRO VOLVER A LA GRANJA ... ¡LE VOY A PONER GEORGE A MI PRIMER HIJO!...
JAJA ¿DE QUÉ HABLAS? ¡NI SIQUIERA TE HAS CASADO!
E CASARÍAS CON ÉL? ..ES DEMASIADO FEO...
... QUIZÁS CON ALGUNO DE SUS CERDOS... ¡JAJA!...
...CABRÓN DISIDENTE...

BAOU
¡LOS TANQUES DE COMBUSTIBLE VAN A EXPLOTAR ...¡TENEMOS QUE SALIR DE AQUÍ! ...¡YA TUVE SUFICIENTE CON ESTE PUENTE!
¡HAZLO EXPLOTAR!
¿AHORA ANDAS COLECCIONANDO CHAPAS DE KRAUTS?
... SOLO LAS DE AQUELLOS QUE NO QUIERO OLVIDAR...
... ¿CUÁL ES EL NOMBRE?...
... LAS CHAPAS ALEMANAS NO TIENEN NOMBRE... (*)
(*) GRABADO A MANO EN LA CHAPA: KLAUS MÜLLER 30-4-1921

...CONTINUARÁ...

PRÓXIMAMENTE EN "LA PRIMERA NEVADA"
VOLUMEN 2 - DESHONOR

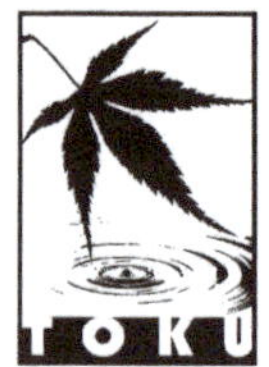

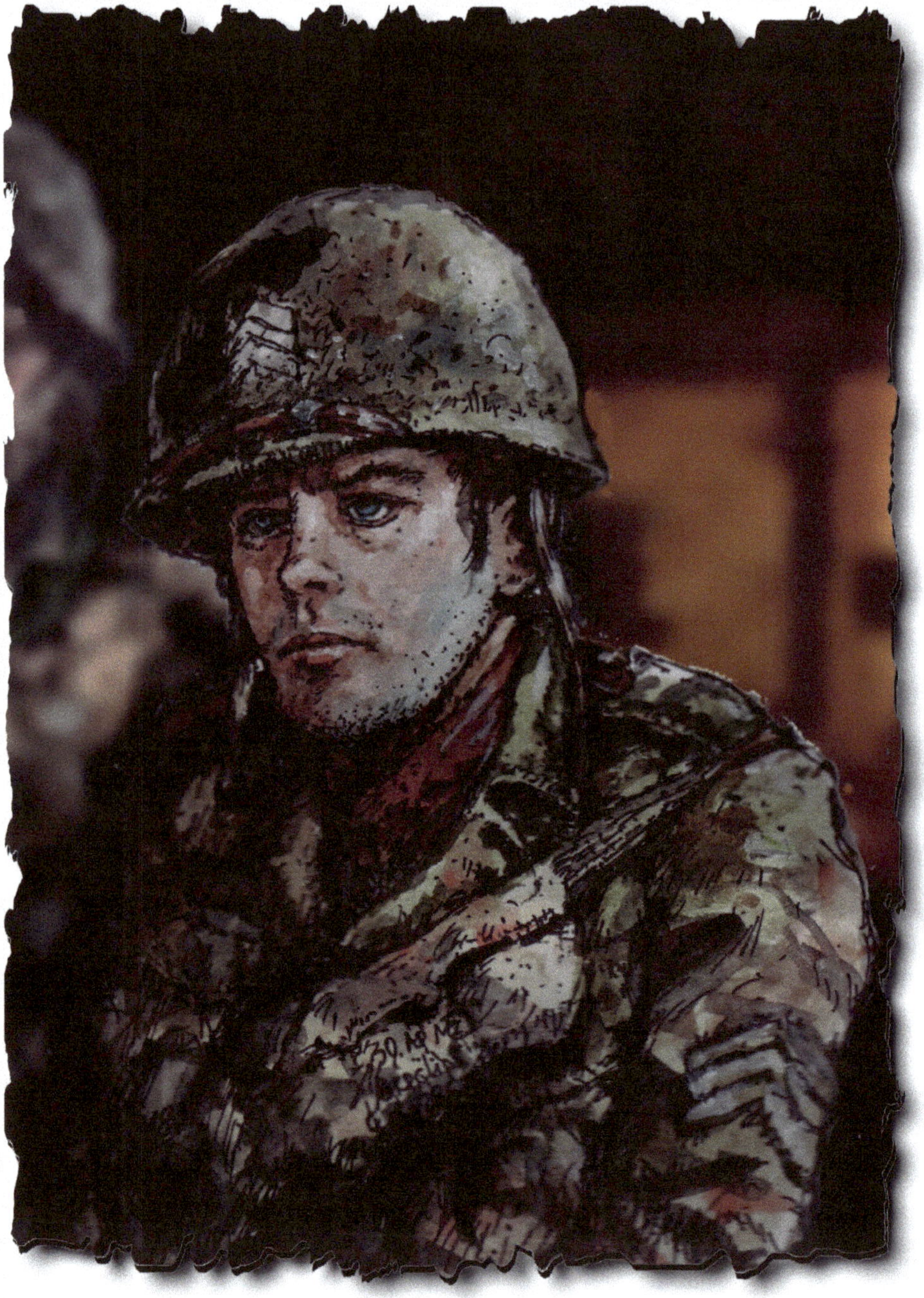